NEM TODA VIÚVA CHORA

NEM TODA VIÚVA CHORA

Larissa Kautzmann

telaranha

Edição: Bárbara Tanaka e Guilherme Conde Moura Pereira
Preparação de texto: Julie Fank
Revisão: Guilherme Conde Moura Pereira
Comunicação: Hiago Rizzi

Capa e projeto gráfico: Bárbara Tanaka
sobre *Le bain*, óleo sobre tela, 72,3 × 91,1 cm, Berthe Morisot, 1885-1886.

Dados Internacionais de Catalogação na Publicação (CIP)
Bibliotecário responsável: Henrique Ramos Baldisserotto – CRB 10/2737

K21n Kautzmann, Larissa
Nem toda viúva chora / Larissa Kautzmann. — 1. ed. — Curitiba, PR: Telaranha, 2023.

120 p. (Selo Esc.)

ISBN 978-65-997172-5-3

1. Novela Brasileira I. Título. II. Série.

CDD: 869.93

Índices para catálogo sistemático:
1. Novela : Literatura Brasileira 869.93

TELARANHA EDIÇÕES
Rua Ébano Pereira, 269
Centro – Curitiba/PR – 80410-240
41 3220-7365 | contato@telaranha.com.br
www.telaranha.com.br

Impresso no Brasil
Feito o depósito legal

1ª edição
Abril de 2023

Para Marlene, Bertholdo (in memoriam), Francisco, Gabriel.
Por sempre convocarem o melhor de mim, todo o meu amor.

Agradeço a Julie Fank, pela interlocução inteligente, gentil, nada óbvia.
Por todas as novas referências literárias e artísticas que me apresentou.
Pela generosidade e pela competência em movimentar saberes e formas de criar textos nas oficinas da Esc. Escola de Escrita.
Foi lá que nasceu a viúva, o livro e a escritora.

O dia era quente. Coloquei o maior óculos escuros porque não queria que vissem que talvez eu não chorasse. Todos esperam que a viúva chore. Nenhuma lágrima.

Queria sair correndo do cemitério como quem quer fugir da morte, temendo me enganchar num túmulo e por lá também ficar. O carro estacionado embaixo dos plátanos a duas quadras, chegaria lá em menos de cinco minutos. Mesmo de salto. O sol na minha cabeça e o padre não parava de falar. Eu não tinha um chapéu preto. Um enterro era uma péssima memória pra associar ao meu panamá.

Eram cinco da madrugada ou da manhã nunca se sabe recém eu tinha conseguido dormir o telefone da casa tocava sem parar achei que fosse sonho pesadelo e demorei a entender que era no plano do consciente de um presente do futuro de cruel realidade que o barulho estridente ecoava oi alô quem hospital daqui pra frente não sei bem o que foi dito e muito menos como disseram acidente grave cirurgia Pedro plano marido eram peões-palavras no chão de ar dos meus pensamentos com hálito de noite mal dormida e agora mal acordada. Falei pra ele não viajar à noite. Uma vez eu vi um acidente de caminhão com moto aquela imagem do corpo separado da cabeça povoou meus pensamentos por anos. Nunca gostei de algodão doce ou daquela meleca nos dedos. No teto do banheiro tinha uma mancha de mofo que parecia meleca de algodão doce parecia o lençol voando do corpo do motoqueiro você estava junto Pedro e eu falei que nunca mais viajaríamos à noite você concordou você descumpriu o trato tínhamos vários eu sempre fui leal mesmo naquele dia em que o olho veio em minha direção e eu quase me apaixonei por um segundo ou pela vida toda.

Um chuveiro muito ruim. Economize hoje e tenha um péssimo banho todos os dias. Não sei se lavo os cabelos. Pedro, será que você faria isso comigo? Você deve estar vivo. Eu sinto. Mas tenho medo de que seja só a minha vontade que preserve a tua vida durante esse banho que eu não tenho coragem de terminar. Depois ir pro hospital e escutar o que não sei se aguento ouvir. A gente nunca acha que será assim. Todo mundo quer envelhecer junto ou separado na sua melhor pose e com todos os dentes na boca.

Não, ninguém quer ficar velho, mas também ninguém quer morrer, acho que o que a gente quer é ficar vivo de agora em diante. Seja lá qual for o agora de cada um, ele é o parâmetro de congelamento daqui até o sempre. E aí as pessoas vão fazer tudo aquilo que disseram que iriam fazer e que nunca fazem. Porque sei lá.

Acho que demorei pra ir ao hospital. Nesse caso, a dúvida sobre o que iria encontrar era a melhor companhia possível. Ouvi falar que não dão notícia de morte por telefone. Que bom que alguém decidiu. Por vezes, até quem não tem compaixão é capaz de gestos bonitos. E, com alguma sorte, gestos bonitos podem até virar protocolo.

No meio da reforma da cozinha, arrumei um espaço e bebi devagar cada gole do café. Casada, ao meu jeito, com a parede de samambaias e com Pedro. Embora Pedro, a essa hora, talvez não estivesse tão casado comigo. Minhas unhas estavam descascadas. Eu pressentia a morte. Borrifei aromatizador por todos os cantos da casa. Atrás da cortina, no canto da janela, tinha uma teia. Fui buscar uma vassoura.

A moça da loja de óleos essenciais tinha sugerido lavanda, alecrim e flor de laranjeira. Todos muito bons, é verdade, e, segundo ela, tinham cheiro de cama limpa e sol. Pelo visto era de um sol que eu não conhecia. Ela parecia saber o que estava falando e contou ter feito um curso de perfumista. Tem gente que quando fala os outros escutam. Ela era assim. Fiquei em silêncio. Contou que gostava de perguntar aos clientes sobre memórias olfativas e anotava tudo em um bloco desses com as páginas em branco tipo caderno de desenho. Pensei em levar emprestado.

Não via a hora de chegar em casa. Me tranquei no banheiro. Que louca, a casa vazia e eu chaveando a porta do banheiro. Uma porta que sempre emperrava precisava ser chaveada. Duzentos batimentos por minuto. Talvez a frequência cardíaca antes do infarto. Vou pesquisar. Era a primeira vez que eu pegava algo sem pedir. Lembrei da minha mãe. Mãe, não é culpa sua. Eu nunca abri correspondência, nem escutei conversa dos outros, nem dormi sem rezar, você sabe disso. É claro que vou devolver. Só quero dar uma olhadinha. O que tem nesse caderno não é segredo, se fosse, as pessoas não teriam contado pra perfumista, se fosse segredo, não estaria em cima do balcão, se não tivesse dono, não teria o nome dela, se fosse certo, meu coração não estaria saindo pela boca. Eu sei. Vou devolver assim que possível.

Na continuidade do meu delírio, eu via uma manchete: *Perfumista que furtou pesquisa de concorrente é presa.*

A foto era péssima.

8h53

Infelizmente, não resistiu, disse o doutor.

8h54

Verto suor por todos os poros o ar tem gosto metálico o chão é liso e preciso cuidar pra não cair. A lixeira transborda copos plásticos todos já mortos assim tão cedo quero água e acabou. Sou poça que escorre no chão à procura da saída.

8h55

Estado civil apneia.

8h56

Um homem qualquer rindo no celular me avista na saída do necrotério. Veste sua cara séria:

Ele tinha plano funerário?

9h42

Saí do escritório funerário e fiquei sem saber como voltar pra casa, estava tão zonza com a notícia que pensei em te ligar, Pedro. Pode isso? Como alguém pede socorro pro recém-morto? Eu queria colo, sorvete e suas piadas macabras. Agora à deriva em um mundo em que não havia mais nenhuma ancoragem, resolvi voltar caminhando em busca de algum ritmo que fosse marcado por mim. O meu passo era tudo o que tinha sobrado e a cada pisada meu cérebro batia na caixa craniana e na minha boca um gosto amargo e aquele cheiro do produto de limpeza do hospital não saía de mim. Eu tava enjoada e achei que fosse vomitar a qualquer instante. Resolvi caminhar mais devagar. O dia lindo, de um céu azul nascido pra durar até o pôr do sol, tudo parecia leve e flutuante, menos eu que carregava a morte de Pedro atada ao meu corpo. Não sei em que momento comecei a cuidar pra não pisar nas linhas que unem as pedras da calçada e a me esgueirar das sombras das árvores, saltitante como quando eu era menina – os choques podem ser portais do tempo.

Vi uma mulher parada que me olhava e ria, gritei *Meu marido morreu*. Ela ficou séria e seguiu. Eu fiquei ali parada num pé só me equilibrando na fresta de sol, no salto quadrado, no fio que sobrava de mim. Na minha bolsa não tinha nenhum remédio praquele dia.

Do lado da casa da minha avó tinha um riachinho, bem ralinho. Minhas primas e eu brincávamos naquele fio de água a tarde toda. O cabelo molhava e secava. Secava e fedia. Fedia e molhava. Molhava, secava, fedia. Na volta pra casa, a vó lavava nossos cabelos com xampu. O cheiro de colo era uma mistura.

Tinha passado da hora do recreio, a secretária da escola parou na porta azul recém-pintada. A sala tinha cheiro de tinta. A cara dela era péssima. Chamou minha professora. Logo depois, a porta se abriu e agora eram as duas com cara péssima. Acenaram pra mim pedindo pra eu ir até elas. Não lembro muito bem como me contaram. Eu tinha nove anos, uma sandália bonita, mas as unhas dos pés deviam ter sido cortadas. No enterro da minha mãe, não veio nenhum parente.

10h55

Devia ter pintado as unhas. Devia ter ligado à noite. Devia ter feito o seguro. Devia ter transado sábado. Devia ter marcado a viagem. Devia ter tomado vinho. Devia ter comprado o chapéu. Devia ter chamado a diarista. Devia ter fugido com o crítico. Devia ter me apaixonado. Devia ter pedido táxi. Devia ter chaveado a porta. Devia ter trazido o carregador. Devia ter fechado a janela. Devia ter corrido pelada. Devia ter falado com a síndica. Devia ter sido arqueóloga. Devia ter trocado o tapete. Devia ter viajado com ele. Devia ter conferido o troco. Devia ter adotado um cachorro. Devia ter feito dieta. Devia ter buscado morangos. Devia ter feito a planilha. Devia ter arrumado a gaveta. Devia ter dito eu te amo. Devia ter anotado as senhas. Devia ter aprendido a dançar. Devia ter escolhido cremação. Imperfeito era o pretérito.

Forma plana envolve e marca a atmosfera fúnebre. A superfície lisa e escorregadia imprime modos de condução. A crocância é a desagradável surpresa. Não respire fundo. É preciso cautela pra não se enebriar. Deslizar é sempre um risco.

Composição: corredor de piso vermelho polido, fios de cabelo, respingos de água, grãos de terra, cera com querosene.

Cumprimentos, de novo, e mais uma vez. Não correspondi a nenhum dos movimentos. Parada estava, parada fiquei. Exercitava-me pedra, a viúva de Pedro.

A boca cheia de quase-palavras que não devem ser ditas em um funeral. Queria cuspir. Bons tempos aqueles em que escarradeira era utensílio indispensável. Em qualquer lugar público, jazia com os pigarros amarelos de toda a gente. Era a própria materialização da irmandade. Símbolo pra não engolir o que é purulento.

Foi difícil voltar pra casa. A porta mais pesada do que nunca. Uma sala com um sofá enorme. Sentei bem no cantinho. O vazio ocupava muito espaço.

Parei na frente do espelho, me olhei e saí. Resolvi voltar pra frente do espelho e me examinar com mais cuidado. Eu não parecia comigo. Fui sendo abatida pelo sentimento de me desconhecer. Fiz esse trajeto sofá-espelho uma dezena de vezes pra tentar me achar pelo caminho. Falei e gritei com a mulher do espelho pra ver se ela reagia. A resposta era um olhar parado me olhando nos olhos. Eu não era mais eu. Alguma coisa tinha secado.

Acordei atrasada. Nunca acontece. O silêncio subia pelas paredes e fixava-se no teto. Podia vê-lo pendurando-se no dia. Hoje, os pedreiros não vieram. O piso não secou. Não dá pra continuar a obra.

Por momentos, nunca mais tem força de ser pra sempre. Foi assim quando minha mãe morreu, é assim agora, Pedro.

Contava o tempo, quando recebi o celular do Pedro.

[Dona Melina, mãe de uma grande amiga da minha falecida tia Yolanda, passou sete meses doente em cima de uma cama. o marido zeloso a cuidá-la, banhá-la, a fazer-lhe companhia, enfeitava o quarto com flores e massageava seus pés. mas havia uma vizinha. uma amiga de longa data. ela visitava a moribunda que parecia ter paz nesses últimos respiros de vida. ela precisava se confessar à Melina. afinal, era uma vida inteira de partilhas e confidências. tomou coragem e contou-lhe em prantos assim de uma só vez *Peço perdão, mas não posso deixar que morra sem que saiba que fui amante do Clodoaldo por trinta anos*. as flores murcharam e Dona Melina também. morreu dois dias depois. morreu triste a coitada. de esposa bem-cuidada passou em um repente a mulher duplamente traída.]

O celular estava sem bateria. Foi sepultado na gaveta.

No ensaio de abrir ou não essa gaveta. Você era muito desorganizado, Pedro. Teve um tempo que eu achava até bonitinho você tão tão aventureiro no meio daquela bagunça me fazia sentir importante já que eu era tão tão chata e sempre sabia onde tudo estava o cortador de unha o baralho de cartas o estilete presente do avô o cartão do banco o passaporte. Na sua vida sempre teve espaço pra imprevisto pra mergulho pra pizza na madrugada em cima da cama. Eu odiava, mas era inveja.

Olha essa gaveta, Pedro.

Não. Dessa vez eu não vou pôr nada no lugar.

Lá no fundo da gaveta, um bilhetinho, assinado por mim:

Se você gostar de mim por inteiro, vou gostar de você 75%.
Um quarto é garantia, é espaço, reserva de preservação.

pedra, papel, tesoura, pedra, papel, tesoura, pedra, papel, pedra, papel, pedra, pedra

Pedro

Aos vinte e cinco dias do mês de abril de dois mil e tanto, às dezenove horas, estiveram reunidos alguns dos condôminos do Edifício Estrela. A reunião iniciou às dezenove horas e quinze minutos, em segunda chamada, conforme previsão do regimento. Márcia Petroni, moradora do duzentos e dois, levou o filho Otto e o Homem-Aranha, ficaram os três perto da churrasqueira em escalada na parede, pela primeira vez. Dona Maria Angélica Souza Amorim, do duzentos e três, esteve conosco desde o início na importante função de sonorizar a reunião com batidas cadenciadas de sua bengala nervosa, como sempre. Quitéria Müller, do cento e um, entrou quieta e saiu calada, ela andava estranha, ultimamente. Dona Catarina Reis, do duzentos e quatro, confirmou presença, mas não compareceu. Augusto Barcelos Neto, do trezentos e dois, roía as unhas e levantava a mão, mas não teve a oportunidade de falar, como todas as vezes. Antônio de Carvalho Kunz, do trezentos e quatro, esqueceu o aparelho auditivo, novamente. Cada informação foi repetida em torno de cinco vezes, por vozes diferentes, em tentativas determinadas a fazer Seu Antônio escutar. A síndica Fernanda passava a informação, vozes repetiam juntas e separadas, cada uma a seu tempo, dificultando ainda mais a compreensão. Os ouvintes cada vez mais irritados com a surdez de Seu Antônio. Seu Antônio meio surdo falante cada vez mais irritado com os ouvintes falantes. Todos falavam alto e cada vez mais alto enquanto o Homem-Aranha ocupava o teto. Pedro não compareceu. Encerro a presente ata que vai por mim assinada e pelos demais presentes, os que ouvem e o surdo, todos ainda vivos, embora alguns não pareçam estar.

Cheiro de grama cortada pela manhã. Não pode ser cortada à tarde que o cheiro muda, fica menos verde, não sei por quê. Talvez seja o calor do sol que faz o cheiro ser diferente. Sempre que sinto esse cheiro, me lembro de um jardim enorme que ficava perto de casa. Eu passava na frente e ficava sonhando em morar lá no verde daquela grama cortada pela manhã. Apoiava meu queixo na grade, fechava os olhos e lambia de leve o ar.

A sujeira do piso estala sob os meus pés. Cada vez que isso acontece, passo a língua nos dentes, porque sempre tenho a impressão de que o ruído da areia acontece ali também. Hoje não tem música, tampouco há silêncio. Pedro faria quarenta anos.

Daqui a pouco começarão as ligações pra celebrar o aniversário do falecido, me perguntarão se estou bem, dirão que se lembraram do dia, que ele faz falta, que compartilham da minha dor, que preciso retomar minha vida e, os mais corajosos, que conhecem uma pessoa pra me apresentar. Cada um ficará nessa ligação entre cinco e dez minutos rememorando o morto e me lembrando da condição daquela que não morreu, da que precisa continuar, da que tem o privilégio da vida. Serão mais de 20 ligações. Fazendo uma conta rápida, ficarei entre uma hora e vinte a três horas e dez no telefone.

Vou chegar à tardinha. Sim, qualquer acomodação. Não quero dar trabalho. Ficarei só uma noite.

A viagem era pra visitar Cristina, a irmã de Pedro. Ela havia me convidado há tempos. Eu precisava acomodar minha angústia e raiva antes de visitá-la. Ser acometida pela viuvez fazia com que me sentisse traída pela vida. Ela não merecia minha dor. Aliás, ninguém merecia. Eu não era generosa com a minha intimidade e não queria dividir os meus incômodos. Cada um que gozasse do próprio sofrimento com a narrativa que melhor lhe servisse. Imaginação também serve pra isso. Triste é não doer por ninguém. Cristina era freira por vocação, dizia. Essa era a narrativa que melhor lhe servia.

Eram cinco horas da manhã ou da madrugada, nunca se sabe. As paredes azuis a porta branca o guarda-roupa escuro e um Cristo magrinho me olhando de cima da janela pregado em uma cruz de bambu ao lado do ventilador amarelo que projetava uma sombra esquisita na parede de pé direito altíssimo, talvez 3 metros e meio. Irmã Bernadete me chamaria às sete porque às cinco era muito cedo e me dispensaram da oração da manhã. Amém.

Todo mundo tem um vício. Pelo menos era o que dizia a minha sogra. Também dizia que o dela era o café da tarde. Pra mim, isso não era vício. Era hábito. Mas não é sobre semântica. É sobre repetição. Todo dia, sempre às quatro, café com leite, pão com manteiga e a conversa *todo mundo tem um vício*. Pelo menos, era o que dizia a minha sogra. O meu é o café da tarde. E eu pensando. Isso não é vício. É hábito. Mas não é sobre semântica. É sobre repetição. Ela repetia o café e o pão, na mesma hora, e a conversa do vício. Eu repetia, em pensamento, que não era vício. Era hábito. Mas não é sobre semântica. É sobre repetição.

Era nascida Quitéria, a vizinha idosa da frente. Mas, se alguém perguntasse por Quitéria, ninguém saberia quem era. Nem mesmo ela. Meu nome era pra ser MARIA Quitéria, dizia sempre. Toda vez lamentava que o pai, na hora de registrar, havia se esquecido do Maria. Todas as suas irmãs eram MARIAS: Maria Antônia, Maria Eugênia, Maria Eulália. No dela, a paroxítona terminada em ditongo crescente tinha sido preservada, mas Maria, ah, esse tinha se perdido com o papel que o pai levava na hora de registrar. Além do Maria, perdeu a data de nascimento. Quiqui passou a ter, nos documentos, a mesma data de nascimento de uma das irmãs. Não me pergunte de qual das Marias. Era a única data que o pai lembrava. Ela contava com mágoa, com ressentimento. Os olhos enchiam de lágrimas. Mas essas perdas eram, segundo ela mesma, as que menos importavam. Tinha perdido muito mais nessa vida. Eu dava um sorriso amarelo e só. A conversa sempre se encerrava por ali. Eu não tinha coragem de perguntar o que mais ela tinha perdido. Ela não tinha coragem de continuar a conversa sem a minha pergunta.

Odiava o jeito que Márcia, a mãe do Homem-Aranha, estendia roupas. Tudo embolado. Aquilo me dava uma irritação, uma vontade de arrancar tudo com o varal junto. Prestar atenção nisso era o meu exercício diário de paciência. Era também um modo de estar no presente. Que jeitinho mais esquisito. Podia ter achado outros melhores, mas estava aqui na janela, equilibrada na borda.

Olhos elásticos. Assim eram os de Dona Catarina. Esbugalhados, transbordavam pelas pálpebras caídas e moles, espichando-se pra mais uma espreitada. Tenho certeza de que aqueles olhos poderiam entrar pelo buraco da fechadura ou pela fresta debaixo da porta. A visão precisava de óculos. Os dela eram grandes, quadrados e sujos, sempre muito sujos. Engordurados pelos mesmos dedos cheios de base e creme hidratante que marcavam espelhos, trincos, corrimão e tudo mais que pudessem alcançar na entrada do Edifício Estrela.

Não, não era só olhar. Era o olho, mesmo. O esquerdo. Do direito não sei. Só consegui prestar atenção em um. Tentei fugir meu olho. O dele viu o meu tentando escapar. Fiquei com vergonha e meu olho congelou. Durou menos de um segundo. Durou a vida toda.

Temo chegar lá aonde os dias são sempre quentes ou frios ou gelados ou ventosos ou abafados ou ensolarados ou nublados ou chuvosos e sempre longos demais pra existência. Há dores muitas dores e lembranças poucas lembranças que se repetem e se repetem no labirinto-armadilha de onde não há como sair. Antônio não quer escutar. Quitéria lamenta Maria. Maria bate a bengala. Saturno beijou você em Câncer.

Aquela ferida doída de sempre. É claro que não ia curar nunca. Era a ferida e todo o pensamento em torno dela que a seguravam à vida. Era presa pela ferida. Prisioneira daquela dor. A ferida não tinha um nome, também não tinha cara, talvez endereço.

O Cristo magrinho ficou lá na parede do convento. Por aqui a mesa é farta, sobram escolhas, o que é sempre muito arriscado. Você pode se exceder e arcar com o que resulta dos impulsos. As pessoas levam tudo tão a sério. Nunca mais vi uma roda, nem boneca de pano, nem canudo de abóbora. Não sei por que eu voltei nesse assunto.

Não sei, Dona Quiqui. Também não vi. Faz tempo que não escuto. Sim, era muito constrangedor. Concordo com a senhora. Eu já nem recebia mais visitas. Tinha vergonha, claro. Uma falta de respeito. A senhora acha? Nunca tinha pensado assim desse jeito, mas até pode ser. No mercado, aqui atrás do quarteirão. Achei os preços bons pra essa época do ano. Sim, tudo fresquinho. Só orgânicos. Estou bem, Dona Quiqui. Claro, vai levar um tempo. Sim, vou seguir a vida. Não, não me lembro do seu sobrinho. É verdade, aham, lembrei. Sim, já disse que vou seguir a vida. Claro que entendo. Por favor, não dê meu telefone. Sim, vou ficar bem. Bom dia pra senhora também.

Alô. Quem? Não é desse número.

Dona Catarina, dos dedos engordurados, e Seu Catarino (de quem eu nunca me lembro o nome) receberam o neto pra morar com eles durante o período da faculdade.

Imaginei um menino de camiseta azul larga bermuda e tênis verde cabelos ruivos e quase cachos com corte despretensioso feito em salão caro que só usa produtos orgânicos. Ele era sorridente e tímido, dizia um bom-dia com fones de ouvido brancos. Fumava maconha escondido dos avós, toda a vizinhança sabia e isso era pauta das reuniões de condomínio.

Mas é um homem. Um homem. Um homem jovem alto forte de barba com roupas que não são largas o sapato não vi e o cabelo não prestei atenção. Ele sorri e não usa fones de ouvido brancos. Olha nos olhos. Eu me apresso pra achar a chave a porta o prumo. Talvez o óleo de barba seja orgânico. Talvez. Ele se apresenta como Tiago e me pergunta se preciso de ajuda com as sacolas. Gaguejei um Não preciso. A reunião de condomínio foi ontem e nesse momento passo a temer virar pauta da próxima.

Como ela pode me contar essa história assim, sem fazer aquele preâmbulo do nome Maria, da data de nascimento errada, do não-sei-mais-o-quê? Essa era a senha pra eu nunca deixar a conversa das perdas avançar. Agora era tarde. Eu sabia da maior dor de Dona Quiqui. Será que dor compartilhada dói menos? Talvez pra ela. Mas pra mim que não sentia, nascia ali um aperto. Eu não encontrava nada pra dizer e tampouco conseguia silenciar. Uma xícara de chá pra me fazer companhia e me dar tempo de dizer alguma coisa diante da confissão. Dona Quiqui era esperta, calculou tudo. Sabia que comigo esse tipo de conversa só aconteceria sem preliminares. Logo eu, que me achava tão esperta, fui novamente traída. A mesa bem posta, louça branca com florezinhas e toalha rendada. Era preciso uma mesa bonita pra servir aquela dor.

Voltávamos pra casa no mesmo horário. Nosso encontro, não combinado, era frequente. Tiago tinha um cheiro assim, como posso dizer, sutil e perturbador. O que sempre fazia com que eu, no elevador, fechasse os olhos pra tentar sentir melhor. Acho que ele percebia. Por certo, percebia. Naquela tarde, quando cruzamos pela porta do Edifício Estrela, ele me perguntou, como de costume, se precisava de ajuda com as sacolas. Finalmente, admiti, eu precisava.

Começo cada dia a ter menos raiva de você, Pedro. Que declaração de amor, hein? Posso ouvir seu riso, agora. Como você pode ir assim tão rápido, tão sem anúncio, tão sem sentido? Eu ainda sangro as noites passam difíceis lentas e por incrível que pareça estreladas. Nunca o céu esteve tão limpo ou talvez seja eu que não tenha prestado atenção durante toda minha vida. Tenho dançado a lentidão daquele jeito soldadinho de chumbo. Como você bem sabe, manter o ritmo sempre foi uma dificuldade que insiste em morar em mim. Mesmo assim, danço pra ver se acostumo a sentir tua ausência a cada briga política, a cada garrafa de vinho, a cada conversa sobre literatura com Gilda. Ela tá bem, sim. Já a laranjeira não, ela também se foi. Não, não me culpe. Era você que cuidava das plantas. Morreu de ausência. Eu aqui luto pra viver com a presença do Pedro Morto. Esse sobrenome não ficou bem em você.

A primeira vez que Tiago me ajudou com as sacolas foi como quase todas as experiências inaugurais com tudo o que se deseja muito — uma mistura de euforia com falta de jeito. Era vontade que não cabia nos protocolos nem de um, nem de outro. Um descompasso com desejo. Enquanto esvaziávamos as sacolas, derrubei um pote, ansiosa com o que viria depois. Esbarramos um beijo, outro e mais tantos. Entrava claridade demais pela janela da cozinha. Eu ainda não conseguia relaxar. Continuamos na sala. Falávamos pouco, mas estávamos atentos às reações um do outro. Transbordava uma alegria bem-vinda naquela atrapalhação. A desculpa das sacolas ajudou, por meses, a construir um ritmo. Cada vez era menos desencontro.

Olhando daqui, a gente parecia tão mais feliz, Pedro. A foto de uma época em que ainda se revelavam filmes de 12, 24 ou 36 poses. Palmas descompassadas cadenciando *parabéns, muitos anos de vida*. Era o aniversário de 95 anos da Dona Almerinda, que não caminhava nem reconhecia as pessoas. No colo, um gato.

Porcelana quebrada da boneca guardada que caiu da última prateleira. Varri.

Eu estava na rua quando o incêndio começou. Avistei de longe a fumaça preta entre os prédios. O som de sirene dos carros de bombeiros era o prelúdio. O barulho, a fumaça e o alvoroço aumentavam. Minha pressa, não. Mantive o passo. Quando dobrei a esquina, lá estava o espetáculo em torno do Edifício Estrela. O incêndio era no prédio ao lado. Uma construção abandonada. Um grupo de bombeiros apagava o incêndio enquanto outro fazia a evacuação dos prédios vizinhos. Na calçada, do outro lado da rua, Dona Catarina e Seu Catarino, em pé, ambos de *chambre*. Dona Quiqui, toda mijada, aos prantos pelos gatos que tinham desaparecido. Seu Antônio meio surdo falante era trazido pelos bombeiros. Perguntaram se eu era moradora. Por um momento, pensei em responder que não era. Sim, sou. Não há vítimas, disseram.

No dia seguinte ao incêndio, o Edifício Estrela foi liberado pros moradores retornarem. Não havia sofrido qualquer abalo na estrutura, disseram os responsáveis pelo laudo.

Eu costumava deixar janelas e sacadas abertas. Naquele dia também foi assim. Não havia previsão de chuva, tampouco de incêndio. O meu apartamento foi o único a acolher a fumaça. Todas as paredes e móveis e objetos respiraram por horas o desfazimento do prédio abandonado. Ia levar tempo demais pra lavar tudo e pintar de novo.

Roxo seria a cor de uma das paredes da sala do novo apartamento. Eu não era muito habilidosa com tintas e pincéis, mas a fita crepe tinha ficado bem-colocada. A reforma do antigo apartamento e o inventário de Pedro seguiam distantes da conclusão. O prédio ficava no mesmo bairro quase nobre do Edifício Estrela, mas esse apartamento, alugado por mim, era menor. No movimento e no fluxo da vida, eu ia redimensionando meus espaços e sendo reduzida em importância na família do morto. Embora tivesse morado com Pedro nos últimos quinze anos, eu quase já não era mais a viúva oficial. Os filhos, gêmeos, eram do primeiro casamento. Era lá que a família continuava, pelo menos na sala da sogra. No aparador, algumas fotos ressuscitavam uma parte da vida de Pedro da qual eu não fazia parte. A da cerimônia do casamento dele com Margarete, a mãe dos gêmeos, foi a primeira a aparecer em um porta-retrato 20 × 25. Depois, a foto da barriga de Margarete grávida. Na última vez em que estive lá, a sogra me viu olhando as novas velhas fotos e largou *Se vocês tivessem se casado na igreja, também teria uma foto sua aí.* Não respondi nada. Sei que você teria dado uma gargalhada, Pedro. Eu não conseguia. Meu humor nunca foi gentil.

Escutava como quem não quer ouvir. A boca abria e fechava palavras que eu não conseguia pendurar no fio daquela conversa da boca que abria e fechava. O batom bem-passado. Ela sabia se maquiar. Você tá prestando atenção? Sim, tentando. Eu tentava era não ouvir tudo. Um carro passou, ainda bem que o barulho foi alto e teve até buzina, criança cantando, um homem que assobiava uma música que eu quase conseguia lembrar. Quase. Ela ali, na minha frente, emendando uma conversa na outra, falava de um tempo tão longe tão passado tão embotado misturado naqueles goles de chá de um amarguinho triste. Era sem cor. Da manga do casaco daquela conversa comprida rolou uma bolinha de naftalina.

Na última vez que vi Tiago, antes das suas férias da faculdade, eu estava de mãos vazias. Nenhuma sacola. Foi numa das minhas idas pra acompanhar a reforma do antigo apartamento. Fiquei pensando em qual seria a abordagem, já que eu não precisava de ajuda pra carregar nada. Ele sorriu e só. Foi o suficiente. Sem desculpas, subimos.

Conferi meu nome. Eu precisava verificar se estava escrito certo. O papel era pra eu assinar. Abri a bolsa. Não achei caneta. Só papel embolado, daqueles que a gente amassa e não acha uma lixeira pra jogar. Enfia na bolsa, esquece, mas nem tanto. Cada vez que abre é aquela bagunça de um monte de papeizinhos que não servem pra nada e você sempre demora pra juntar tudo e descartar. Dar o melhor destino pras coisas que não servem mais demanda tempo, energia e, sobretudo, vontade de colocar fora. Às vezes a lixeira tá longe demais, noutras a gente nem vê. Chacoalhei a bolsa. Uma chave e, ao lado, a caneta. Assinei.

Não tinha porteiro e a maçaneta da entrada rangia. No acesso principal do prédio do novo apartamento, um lustre antigo, daqueles com cristais, e o espelho que cobria toda a parede compunham o cenário com um pequeno sofá cor de vinho que parecia um divã. No elevador, mais um espelho. A parede da sala já estava roxa. Algumas malas precisavam ser desfeitas. Duas eu coloquei fora sem me dar ao trabalho de abrir. Em frente à minha janela, uma árvore que não precisava ser regada.

POSFÁCIO

por Julie Fank

Se organizar direito, todo mundo chora

A viúva de Larissa Kautzmann nasce porque Pedro não resistiu. Ao sustentar os antônimos que surgem na cratera entre o *devia ter feito* e o *devia ter desfeito*, ela resiste "à procura de uma saída" ao mesmo tempo que sai, ela mesma, pelos poros. Como se a morte precoce de seu marido disparasse um sensibilizador, seus cinco sentidos se colocam à prova, as palavras abotoadas ao paletó de Pedro, ela feito pedra, brava porque ele descumpriu o trato.

Ainda que a personagem não seja amistosa ou submissa, seu escape à norma — e é preciso que nos perguntemos qual norma — é uma resposta menos hesitante a si mesma: quanto custa, afinal, a vida que desmorona feito um castelo de cartas, ela se pergunta. Na barganha, constrói barricadas, muralhas e despropósitos, sua própria vinheta. O vestígio do cheiro de tinta, do cheiro de colo, do cheiro da morte segue como se a levasse ao esconderijo na floresta, um fio simbólico que lhe custa a decomposição de um mundo que funcionava. Na lacuna e no silêncio, organicamente, a vida seguia seu fluxo, com o devido espanto cultivado diante das suas boas coisas. Até que.

Enquanto "borrifa aromatizador" para que a cama tenha cheiro de limpeza, mantém-se trancando a porta. A umidade alivia as dobras à mostra do lençol, mas a chave girada não estabelece o limite que só Pedro foi capaz de estabelecer no virar da ampulheta. E ela não é capaz de perdoá-lo. Exatamente por isso. Os rastros olfativos seguem entrando pelas frestas, ao mesmo tempo que o gosto amargo do que fica "naqueles goles de chá de um amarguinho triste" e no "ar lambido" com gosto de grama cortada pela manhã se mistura à textura da língua nos dentes. Nas reuniões de condomínio, o volume das vozes dos vizinhos se ajusta à nova frequência, a única que ela consegue captar diante do que resta. Nem mesmo as mais de 20 possíveis ligações de "meus pêsames" interessam à viúva, que, diante do que resta, escolhe se fazer pedra e não dar ouvidos — ainda que elas nem tenham acontecido em seu próprio espaço-tempo ou que ela tenha decidido por não as narrar.

A instituição fática da linguagem não interessa a essa viúva que sabe o que e quando falar, assim como não lhe interessam aqueles que passam ilesos. Enquanto descobre o que fazer com as mãos, seus olhos seguem atentos aos olhos elásticos e esbugalhados de Dona Catarina e à presença automática de Seu Catarino, o marido que é só um apêndice e de cujo nome nem se lembra. Os olhos curiosos são dos outros, mas, com um corpo todo seu, é o tato que lhe proporciona uma nova ampulheta: as mãos que carregam sacolas, as mãos que denunciam a falta de jeito, as mãos — ou o braço e o corpo inteiro — que derrubam um pote. As mãos que varrem a porcelana quebrada antecedem o fogo. Está tudo ali, na escrita de Larissa, na voz da viúva, que performa uma incursão pelos sentidos em vez de atrofiá-los.

Numa narrativa que enxerga a olho nu o sofrimento diante do que resta — sim, porque não é sobre semântica, é sobre repetição, numa paráfrase da viúva —, Larissa Kautzmann constrói, além de um percurso pela pele de quem fica e pelos sentidos de quem não perde a sensibilidade, um passeio pelos elementos que, para a Antiguidade Clássica, eram os constituintes da matéria física. Numa investigação simbólica pela morte e pela vida, num arremate da pose mais crua, sem delimitar o tempo e espaço dessa mulher contemporânea que fica, a autora, que estreia na ficção, mostra que sabe olhar para as costuras da linguagem simbólica e conduzir, com sua caneta no lugar da agulha, o fio, até porque as palavras que não são sepultadas voltam para o assombro.

Acudida pelas raízes involuntárias que se formam na vizinhança escolhida quando Pedro ainda estava vivo, a viúva ainda tentava entender se era aquele o ar que gostaria de respirar, se aquela era a terra que queria continuar chamando de sua. Na lógica cambaleante da vida, algumas graças se fazem improviso. No tabuleiro programático da ficção, é bonito que o fogo na casa a expulse do apartamento que já a tratava com certo desdém. Logo o fogo, esse elemento ambíguo, essa reação química e talvez por isso não elementar, essa faísca que precede o caos. Esse ser pelo qual se desenvolve um certo fascínio nas histórias e um certo medo na vida. O papel, a chave, a caneta, a nova casa e as malas que vão embora sem que ela se dê ao trabalho de abri-las, tudo muito concreto. Tão concreto como a água que, aparentemente, falta a essa vida que seca e, como a árvore que prescinde da rega, está ao alcance do observador da janela.

Convicta de que a viúva, no entanto, discordaria de mim, arrisco dizer que essa viúva nunca secou, feito planta, feito pedra, apesar de não verter lágrima. O corpo chora de tantas formas, afinal. A cantora Letrux, na música "Dèjá-vu frenesi", nos lembra: "Todo corpo tem água/ lágrima suor e gozo/ Ou a gente chora, ou a gente sua/ Ou a gente goza". Depois, continua: "A gente já teve aqui/ Déjá-vu/ Viver é um frenesi". É também dessa música a frase que dá título a este posfácio. Bem antes do incêndio, a narradora nos alerta: "Cada um que gozasse do seu próprio sofrimento com a narrativa que melhor lhe servisse. Imaginação serve pra isso". Diante do que resta de sua história, com as cinzas que ela não carrega em um pote porque acabou decidindo que não devia, a narrativa de carne e osso que ajuda a atravessar o texto e, por cortesia, como todo bom texto, ajuda também a atravessar a vida. Literatura serve pra isso — se é que serve pra alguma coisa —, mas viver é que é o frenesi. A viúva sabe disso.

Julie Fank nasceu em Cascavel, em 1988, e vive em Curitiba desde 2014. É escritora, artista visual e diretora-fundadora da Esc. Escola de Escrita. É licenciada em Letras Português/Inglês, mestra em Letras, com ênfase em Literatura Comparada, e doutora em Escrita Criativa pela PUCRS.

1ª edição [2023], 1ª reimpressão

Este é o livro nº 6 da Telaranha Edições.
Composto em Delicate e Parable, sobre papel pólen 80 g,
e impresso nas oficinas da Maxi Gráfica em março de 2024.

Nem toda viúva chora foi escrito e composto como resultado e
a partir da proposta da oficina de Escrita Criativa e outras artes,
ministrada pela escritora Julie Fank na Esc. Escola de Escrita,
no ano de 2019.